La Jeunesse

de demain

un poète Anatole [...]

en témoignage d'admiration

[signature]

La Jeunesse de demain

DU MÊME AUTEUR

―――――

LES NOCES DE SATHAN, poème initiatique (épuisé).
IL NE FAUT PAS MOURIR, dialogue.

Sous presse :

PRIÈRE.

En préparation :

LE SALUT, roman.
LE CYCLE DE PSYCHÉ (vers).
CAHIERS DE PSYCOLOGIE ÉSOTÉRIQUE.

―――――

En Collaboration avec GABRIEL MOUREY

SORTILÈGE, roman.
LA FAUX, un acte en prose.

En Collaboration avec HENRI ALBERT

Œuvres
~~TERRES~~ MYSTIQUES de Jean-Paul (traduction).

Jules Bois

La Jeunesse

de demain

Conférence faite à Marseille le 2 Avril 1891

PARIS

LIBRAIRIE DE L'ART INDÉPENDANT

11, rue de la Chaussée-d'Antin, 11

—

1891

La Jeunesse de Demain

Mesdames, Messieurs,

Ce me serait de l'immodestie de tenter une conférence, c'est-à-dire je ne sais quelle posture d'enseignement, si je ne faisais pas uniquement œuvre de pionnier, si je ne me contentais pas de donner un exemple, d'ouvrir une voie.

Le journal *le Passant*, sous les auspices de son directeur, M. Raoul Nelly inaugure une série de causeries sérieuses et littéraires ; j'ai l'honneur et la difficulté de débuter et c'est tout. Je laisse ici la parole pour plus tard, bientôt, à MM. Ogier d'Ivry, Benjamin Lihou, Marius Courtin.

La tâche est belle, lorsque je jette un regard sur l'assistance, femmes délices des yeux et de l'esprit, avocats, artistes, journalistes, poètes, cette chambre en son intimité c'est mieux encore que la maison de Socrate.

Mon auditoire est en grande partie composé de camarades, de jeunes gens. Et ceux qui ont perdu ce titre, sans le vouloir, hélas ! de jeune homme, ceux-là qui sont ici ont gardé dans l'âme l'éternelle fleur qui fait qu'intérieurement rien ne s'obscurcit.

Je parlerai donc de la jeunesse, moi jeune homme, à la jeunesse.

La Presse Marseillaise, qui vient de nous être si obligeante, m'a donné un titre que je maintiens, celui de rédacteur au *Courrier Français ;* néanmoins il serait peut-être exagéré de dire que je ne vais vous entretenir que de joyeusetés quelquefois brutales, quoique toujours artistiques. Non. Il y aura plus de gravité et de philosophie en ces éphémères paroles. Et si je ne dédaignerai pas la plaisanterie et l'anecdote contemporaine, je m'efforcerai surtout de lier le passé et l'avenir.

La vie complète est faite de deux choses : de réflexions et d'agissements. Le monde intérieur et le monde extérieur. L'un, je le crois fermement, ne se peut passer de l'autre. Tous deux sont aussi réels sinon au même degré de preuve, du moins dans les conditions de notre humanité, — conditions qu'il faut accepter... ou mourir.

Je sais bien qu'il y a une déchéance en cette descente de l'esprit dans la vulgarité quotidienne. Mais que l'on y songe ! Le chaste enlacement de la Muse a-t-il jamais suffi au poète et ne doit-il pas souvent, auprès d'une jeune femme, réelle c'est-à-dire imparfaite, apprendre l'art de charmer les foules et respirer à son corsage le parfum de la strophe, à peine naissante ?

Beaucoup des plus belles entre les œuvres d'art ne sont que des portraits.

Ne vous est-il pas arrivé quelquefois, dans la rue, au passage, de saisir un geste, un sourire révélateur, je ne sais quelle ligne fléchie, semblable aux contours divins des Botticelli et des Vinci ? Bien de nos femmes rappellent chez nous par la mollesse robuste et un peu grasse les nymphes voluptueuses du Corrège. Mieux encore : Murillo a cueilli ses merveilleux petits anges dans les ruelles vermineuses de l'Espagne.

Vous ne m'en voudrez donc pas trop si je vous parle de philosophie et de spéculation, moi trop frivole, qui (ah ! les surprises de la destinée !) ai dispersé des mois de jeunesse à des tutus de ballerines et aux jupes si peu austères des divettes de café-concert.

Ainsi qu'à mon ami Maurice Barrès, elles m'ont donné bien des leçons de sagesse, en dehors de quelques autres avantages qui sont généralement plus goûtés. J'y ai vu l'âme simple du peuple, qui juge et aime sans sophisme, avec une simplicité et une droiture divines, — divines oui, si nous nous souvenons des humbles pêcheurs inspirés de Galilée.

J'y ai vu que ce qui nous trompe le plus souvent c'est notre orgueil raisonneur qui résonne creux. Nous n'écoutons jamais assez la voix naturelle, le conseil pratique et naïf, cette voix que refoule notre science incomplète et que persiffle la fausseté de notre esprit.

Nous n'avons pas besoin de beaucoup d'aventures ni de lectures pour savoir que la vérité luit au cœur des simples.

Mais elle y luit rudimentaire, quoique pure, peu communiquable, peu explicable, peu expansible. Dieu se révèle spontanément d'abord, mais pour le conquérir, pour le garder, pour le posséder dans sa partie d'Absolu que nos yeux humains supportent sans défaillir, il faut encore l'effort personnel, la dure lutte de la pensée, le développement lent et patient de nos facultés intuitives et compréhensives qui sont comme des bras qu'il faut musculeusement tendre vers le Mystère Sacré.

M. Alber Jhouney, en une brochure intitulée l'*Ame de la foi*,(1) a expliqué nettement cet équilibre que

---

(1) L'*Ame de la Foi*, Paris, Comptoir d'édition.

nous devons garder entre les révélations du cœur et le laborieux amas de connaissances. Il recommande que là où la science est démentie par l'intelligence, il faut suivre l'intelligence. Pourquoi étouffer en nous nos plus nobles instincts ? Les hirondelles, sous prétexte qu'elles ne peuvent pas la raisonner dédaignent-elles l'impulsion qui les fait émigrer des pays de neige pendant l'hiver ?

Mais revenons au principe discuté de l'enquête de l'esprit parmi le monde.

On peut, me direz-vous, s'y dissiper, s'y amoindrir, et même s'y diluer complètement.

Cela me semble d'une vérité très incomplète.

Nous sommes hommes, c'est-à-dire accessibles à tous les égarements. Mais ces égarements ne sont que les chemins d'écolier qui conduisent, après bien des détours, à la sagesse. L'épreuve n'est que l'escalier du triomphe, et dans toute chûte, il y a la certitude d'une rédemption.

Je me suis efforcé, en un poème intitulé les *Noces de Sathan*,(¹) de réduire en rhythmes dialogués cet axiôme initiatique. Sathan épouse Psyché, l'âme humaine qui le ramène à Dieu par les profondeurs même perverses de l'amour. Sathan, c'est le mythe de la révolte, de cette indépendance dangereuse et pourtant légitime qui brise l'écorce des choses malgré l'effroi du Pharisien, et sous cette écorce, en un éblouissement, aperçoit le sang des choses, l'éternelle palpitation en la nature souffrante du Rédempteur consolant.

C'est en se ruant pour persécuter les chrétiens que Paul, sur le chemin de Damas, devint chrétien.

Il faut donc se mêler au monde, il faut donc que la pensée pénètre l'action, il faut donc chercher dans la

---

(1) *Les Noces de Sathan,* Paris, chez Albert Savine (épuisé).

souffrance, le Mal et l'ignorance qui nous entourent, cette vérité splendide et immortelle, que la paresse et l'orgueil seuls n'embrasseront jamais.

Ceci est d'une très haute importance et si on y réfléchit avec quelque bonne volonté, la vie moderne s'éclaire d'un jour tout nouveau et nous discernons la source de mille déboires en la scission des facultés et des hommes, et surtout en la séparation des hommes d'action et des hommes de pensée.

Nous voyons d'une part les intellectuels, de l'autre les saints, de l'autre ceux qui agissent que l'on pourrait, avec une ironie exacte, appeler les acteurs.

Le principe de division conduit pratiquement à l'anarchie ; ce siècle se termine en un chaos politique, moral et littéraire.

Je n'appuyerai pas sur le côté social, il est trop brûlant et trop glissant, mais je crois n'offenser personne en constatant que dans ce bel et louable esprit d'indépendance qui anime l'Europe et spécialement la France, il n'y a pas assez de cohésion, de générosité personnelle, de persévérance, — et surtout de résultats.

Si nous considérons la littérature et la philosophie, nous apercevons le même désordre.

D'une part, ceux qui s'enferment dans un dogme étroit, les académies, les sacerdoces, de l'autre, ceux qui admettent la liberté, mais ont oublié la règle et la coordination dans la liberté. De nobles esprits, studieux des traditions, tonnent dans les chaires des églises ou des écoles ; ils s'écrient : « Tout est perdu, la pensée et le cœur sombrent dans la folie et le vertige modernes. » Allant à l'autre extrême, des âmes ardentes, ivres de leur amour pour les hommes et furieuses des oppressions et des désespoirs, prononcent des paroles de négation et de révolte et arborent jusqu'aux drapeaux des revendications sanglantes... Les littérateurs, les philosophes purement spéculatifs ne se préoccupent point des questions où palpite l'avenir des peuples. Ils jonglent avec des théorèmes ou des vocables, sont dilettantes, ils méprisent ceux qui s'acharnent dans le pour ou le contre. Leur monde à eux tient dans les parois de leur cervelle, et s'ils descendent dans l'arène à leur tour, c'est avec un froid esprit de domination qui n'a plus d'excuse et afin d'asservir leurs semblables, à peine bons à être exploités et à obéir.

C'est que l'on a séparé la sagesse et la vie, la pensée et l'expérience, c'est que tantôt l'on a laissé à l'instinct son développement farouche et destructeur, et que tantôt on a abandonné la science à ses seules forces vaniteuses. Quand donc la retrouvera-t-on cette loi d'équilibre que l'antiquité reculée pratiqua à des époques à peines souvenues, légendaires, et vaguement patriarcales — l'âge d'or ?

Quand donc ne scindera-t-on plus l'intuitivité naturelle de la pensée qu'elle éclaire, mais qui ensuite la coordonne et la dirige ?

Il est douloureux de constater que les erreurs, n'étant que des fragments de la vérité morcelée et déchue, aient pu causer tant de désastres.

Rien n'est irréparable cependant, et si nos pères ont souffert, s'ils ont combattu vaille que vaille le bon combat dans l'esseulement et les ténèbres, nous, la jeunesse, au plein soleil, fraternellement unis, accomplissons l'œuvre d'équilibre et de sagesse, que l'accord passionné des esprits brandisse l'élan conscient et impétueux d'un seul glaive pour disperser le fantome aux trois têtes de sophisme, de routine et d'anarchie !

Il y aura bien des obstacles.

Si je jette les yeux dans le siècle, je vois peu de jeunes jens pénétrés de ce véritable esprit.

D'abord les Egoïstes et les Egotistes.

Les Egoïstes seront, si vous le voulez, ceux que M. Alphonse Daudet a appelés les struggleforlifers, ceux qui se poussent dans le monde, à coups de coude, et de poings, qui écrasent grossièrement le plus faible afin de gravir plus hâtivement la pente de la gloriole et de la fortune. Mais leur conduite est un exemple de dégoût et ils nous inspirent l'amour de la délicatesse et du désintéressement par leur attitude répugnante. Ils ne sont pas très dangereux si on sait se mettre à couvert de leur ambition.

Les Egotistes sont plus raffinés. Ils vous regardent avec des yeux apitoyés qui vous disent : « Ah ! comme je t'aimerais, et te dorloterais si je n'étais pas certain de ton néant et si je ne savais pas que moi seul j'existe.» Ce sont des mystificateurs convaincus. Leur sophisme nous intéresse, il a un attrait de subtilité et d'impertinence.

Tout n'est devant eux en l'univers qu'apparence ; eux seuls demeurent réalité. Le mensonge leur apparaît donc une loi des choses, et ils dédaignent la Vérité profonde, la Beauté immuable, la Bonté active, dont ils sourient comme de rêvaresseries que leur analyse émiette... Puisqu'eux seuls existent, sortes de dieux en formation, eux seuls importent, eux seuls méritent tous les soins et toutes les cultures. C'est leur manière d'être psychologues que de se borner à leur âme.

Le père de cette catégorie égoïstique, c'est M. Ernest Renan, écrivain hors de pair et penseur perverti par les sophistiques allemandes. L'univers n'est plus qu'un jeu de notre imagination, seule la pensée existe dans le moi devenu conscient ; le reste des hommes ne mérite qu'une douce mais inexorable servitude.

M. Paul Bourget s'est peu à peu détaché de cette

forme d'esprit qu'il n'adora et ne partagea jamais que de tête. Je sais que depuis son retour d'Italie, il revient progressivement à la foi.

M. Anatole France oscille dans les demi-certitudes, elles sont devenues, en ses livres, de la demi-teinte de pensée, que les artistes ne sauraient jamais assez étudier et admirer. Il est resté un dilettante avec des crises de ferveur. Ne m'écrivait-il pas après un article, dans l'*Etoile*, revue ésotérique, où, l'ayant tout d'abord assuré de ma haute estime littéraire, je lui reprochais l'injustice de certaines courbes de pensées, ne m'écrivait-il pas : « Vous devez avoir raison, je crois tout ce qui est bien écrit » ?

Le plus jeune et peut-être le plus étonnant, c'est Maurice Barrès, pur égotiste. Ce qui pour les autres n'avait été que matière de pensée, lui, en a fait un thème d'action. Il s'est pénétré à sa manière de ce que nous affirmions au commencement de cette conférence : la nécessité de compter avec le monde extérieur et d'y descendre, mais il continue à n'y pas croire, il fait des expériences sur l'Inconscient, Bérénice ou le peuple, avec le froid intérêt de curiosité du chimiste maniant dans son laboratoire des liquides ou des poudres. La passion, qu'il prêche, — s'en doute-t-il ? — est une ironie envers lui-même. Il est devenu député et, puisque Boulanger semble avoir disparu de l'horizon politique, où ne s'élancera-t-il pas, ce jeune homme habitué à tous les triomphes avant trente ans ?

Les Egotistes seront punis en devenant les prisonniers de leur moi. Dans l'impossibilité acquise de sortir d'eux-mêmes, ils seront condamnés à n'apercevoir que leur âme, — et l'âme des autres ils ne la connaîtront et ne la posséderont jamais tout à fait. Ils seront seuls. — L'intime vérité, l'absolu leur échappent. Je lis cet aveu dans le dernier livre de M. Maurice Barrès : Le *Jardin de Bérénice :* (1)

(1) Le *Jardin de Bérénice*. Paris, chez Perrin.

« Cette mort perpétuelle, ce manque de continuité de nos émotions, voilà ce qui désole l'égotiste et marque l'échec de sa prétention. Notre âme est terrain trop limité pour y faire fleurir dans une même saison tout l'univers. Réduits à la traiter par des cultures successives, nous la verrons toujours fragmentaire. »

Vous l'entendez, Messieurs, les égotistes ne se reposeront pas, malgré leur désir, dans la pensée du Divin. Le grand Conscient leur est fermé. Ils auront des notions fragmentaires, successives, vite effacées, souvent contradictoires. Malgré leurs efforts pour devenir des passionnés, ils ne seront que des capricieux. Ils ne connaîtront jamais l'enthousiasme, mais une vaine excitation ; la charité leur est fermée, ils ne s'attarderont qu'à une pitié misérable et tôt regrettée ; ils se créeront des plaisirs d'enfants jouant aux barres et s'imaginant une véritable bataille entre deux camps ennemis. Ils ne connaîtront jamais le sérieux de la joie et leur scepticisme lui-même s'étrique, scepticisme qui se borne à quelques sensations terminées, puis s'achève en crédulité pour le phénomène du moment ; et cette crédulité est elle-même passagère, mais pas assez pour ne pas leur faire pousser un cri démentant tout à coup leur théorie laborieuse, un cri qui précipite malgré eux, par eux une âme dans les choses...

Un seul exemple.

Le jeune psychologue dit quelque part : « Les modifications géologiques sont analogues aux activités d'un être. » Cette intuition c'est un démenti entier à son système.

De récentes bienveillances ont mis en avant l'école symboliste et décadente. Ces jeunes gens assez sonores sont dans le lyrisme et la littérature dégagée de philosophie, le résultat artistique de l'égotisme.

Ils sont obscurs, cela les regarde. Ils épaississent l'écorce, parce que sous cette écorce il n'y a souvent pas de fruit. Ils succèdent à l'école du Parnasse que roidit Leconte de Lisle, eux marchent sur les plates-bandes de ce trop grave jardin avec des airs de goguette qui amusent mais ne suffisent pas. Ils ne dépassent guère l'estime que l'on accorde à des esprits plaisants, dont la saveur mystificatrice semble nouvelle. Leurs rares beaux vers, — on les compte, — sont écrits d'après la tradition de Baudelaire, quelquefois selon Ronsard, le reste est une gageure et bien simples sont ceux qui avec eux s'attardent à tenir le pari. J'insiste sur ceci que ce jugement sévère ne vise que les plus bruyants, mais je constate que parmi eux il est de véritables poètes que l'on a étiquetés de symbolistes et de décadents, sans qu'ils sussent trop pourquoi et qui, lorsque la mode et l'école mourront, survivront par leur talent qui n'est ni de mode ni d'école.

A côté et loin à la fois de ces retentissantes cymbales, que nous pourrions nommer les cigales du Nord, il est d'autres jeunes hommes sérieux et charmants exclusivement épris de beauté. Je les aime. En dehors du subjectif et de l'objectif, en dehors des vaines discussions philosophiques et littéraires ils s'enthousiasment encore pour la réalité de la beauté. Le plus admirable d'entre eux, peut-être, est mort, c'était Jules Tellier. Il n'ignorait rien. Dans son cerveau encombré d'études s'était développée la préoccupation obstinée de la simplicité ; cette unité que nous rêvons de retrouver au fond de tous les systèmes, au fond de l'univers, lui l'avait atteinte dans la splendeur de ses phrases. Il est telle strophe concise et radieuse sur la mort, telle prose sur une Bien-Aimée un peu rhétoricienne, qui me rappelle, épurés encore, quoique affaiblis Baudelaire, et Flaubert. M. de Hartmann a voulu prouver que le monde, s'il devenait conscient, devrait mourir. Jules Tellier, trop conscient, est mort. — Je ne l'ai pas connu, mais parmi ceux qui m'écoutent il en est qui l'écoutèrent et le chérirent. Ses amis de pensée, ses frères d'âme sont bien vivants d'ailleurs, j'ai nommé MM. Maurice Bouchor et Paul Guigou.

Tant que le monde souffrira, la beauté ne devra pas être la seule étude, le seul élan. J'entends par beauté cette sérénité des choses, cette calme fleur qui s'élève de l'âme un soir de repos. Pour ma part, j'avoue trouver une plus irrésistible attirance pour l'effort et le gémissement que pour l'allégresse un peu oisive et la pleine santé. La Fontaine a parlé de la grâce plus belle encore que la beauté ; il nous semble, à nous, que la souffrance est plus sublime. L'Adonis tâché de sang rose et sur qui pleurent les déesses, est beau. Celui qui sur la croix sali de sanie et de mépris lance vers le ciel oublieux l'ultime cri de désespoir, celui-là est sublime. Ah ! qu'importe les mots, la périssable harmonie des syllabes, c'est le cri qui les traverse et les emporte, c'est le cœur sanglant que nous voulons étreindre dans l'art.

Cependant, de tels artistes portent tout le salut dans leur horreur du laid, du banal et de la complication vaine, ces éléments ordinaires du péché. Au fond de la beauté, ils trouveront la simplicité qui est l'âme de la vérité et de la vertu. Heureux hommes ! Ils vont à Dieu par la voie des dieux. Leur olympe s'adosse au Sinaï et leur Golgotha est une montagne de lumière.

Quelques mots seulement sur les purs impulsifs, tels que Verlaine, le plus grand poète moderne, si l'on ne cherche dans la poésie que l'émotion. Jules Laforgue, malgré des intempérances cérébrales, l'adorable Jules Laforgue, notre Heine gavroche, me paraît des leurs, il eût été un de nos plus surprenants génies, si la Mort ne l'avait pas brisé bien avant la totale éclosion.

Un jeune homme, M. Gabriel Mourey, a repris en divers volumes la tradition préraphaélite de Swinburne et de

Rossetti ; c'est un élégiaque (1) ; l'avenir lui réserve de spé-
ciaux lauriers (2). D'ailleurs la sensitivité, alliée à une conscience pure, mène à la vérité et à Dieu. Les impulsifs,
dans leurs heures d'inspirations lucides sont des nôtres,
ils appartiennent en quelque côté de leur ouvrage, à ce
que je définirai la jeunesse de demain.

Vous avez entendu parler des Bouddhistes et des
Mages et le nom un peu décrié de Monsieur Joséphin
Péladan ne vous est pas inconnu ; je ne veux pas abu-
ser de toutes les plaisanteries faciles que l'on en peut
faire. Cette école charlatanesque, clownesque et... péla-
danesque, vous ne lui avez jamais accordé l'importance
qu'elle ne mérite pas. Le moment est proche où le nom
d'occultiste deviendra d'une banalité écœurante. Quel
est le jeune homme, qui aujourd'hui n'est pas fort au
pantacle comme à l'écarté ? Bouddha fait la concurrence
à Paulus et quelque chanteuse fin de siècle nous dira
bientôt après la complainte des quat's étudiants, celle
des Mages d'Epinal (3).

Grâce au ciel, il y a en France un indéracinable
bon sens et le ridicule happe au collet les sots outre-
cuidants ; il n'y a pas d'autre occultisme respectable
que l'antique et toujours neuve Sagesse.

Je veux ici dire un merci fervent à mes plus chers
inspirateurs, à mes guides.

Une après-midi je fus visiter à Paris le nouvel am-
phithéâtre de la Sorbonne. Une révélation absolue m'y

---

(1) *Flammes mortes*, poème, 1 vol.

(2) *L'embarquement pour ailleurs*, prose et vers, sous presse.

(3) Si je laisse à mon jugement sur les courants confus du magisme
moderne toute sa dureté, je n'en proclame pas moins la noblesse des
Kabbalistes chrétiens Alber Jhouney, Stanislas de Guaita, Saint-Yves
d'Alveydre, René Caillié, Roca et quelques autres. Ce sont des poètes, des
sociologues religieux et des savants. *L'Ame de l'Occultisme* que va insérer la
Revue Indépendante donne sur ce point délicat toute ma pensée.

attendait. J'y vis la fresque mémorable de Puvis de Chavannes et je compris toute l'inutilité pernicieuse de mes efforts d'autrefois.

Cette calme Sagesse immobile et attendrie au milieu des labeurs, des désespoirs et des amours me toucha jusqu'aux larmes. Je discernai que l'âme devait seule apparaître à des yeux d'artiste, mais que cette âme purifiée il fallait l'éduquer pour les études supérieures, et les diffusions de la savante bonté. L'erreur et l'ignorance s'identifient avec l'enfer ; le Ciel, c'est de connaître et d'apprendre les autres à ne plus ignorer. Les contemporains se perdent pour la plupart dans des émotions toutes nerveuses ou en une recherche de bizarreries concentrées..... Oh ! n'avoir plus de désir que celui de savoir, plus d'acte que celui d'enseigner !

J'avais déjà bu à la source mystérieuse et glacée de la Kabbale ; les livres sacrés de l'Egypte et de l'Inde me donnèrent ce frisson du Divin qu'ignore l'Occidental superficiel. La loi de hiérarchie m'apparut sociale et artistique, se perpétuant malgré et parmi les évolutions. L'Etre persiste sous le devenir ; sous la mort et la naissance superficielles, sous l'Illusion, il y a l'abîme où il faut plonger pour n'avoir plus à naître ou à mourir.

Ne vous semble-t-il pas que l'âme humaine, après bien des aventures, est lasse des perpétuelles ruines et des perpétuels recommencements ? N'est-ce pas qu'il y a en vous tous le désir de la certitude, de la durée, de l'immuable ? Cette fixité dans l'éphémère il est vraiment temps que nous la connaissions. L'humanité a assez souffert, assez crié, s'est assez plainte pour compter aujourd'hui sur sa part de stabilité (1). L'âpre convoitise d'une apparence, neuve imaginairement, s'épuisera avec le siècle : tous les jours on crée une

---

(1) Cette pensée trouvera son développement dans ▬ poème ▬ de ▬ : *Il ne faut pas mourir.*   *Cycle de Psyché*

science, une religion, un art, rien ne satisfait plus. Eh ! bien, et la vérité indestructible ? Les religions s'effritent et disparaissent, la Religion ne mourra jamais. Les systèmes philosophiques se contredisent et se démentent, la Sagesse ne se suicide pas. Les arts s'affolent tantôt d'une prudence terne, tantôt d'une exubérance déchainée ou d'une complication impuissante. Il y a l'école impérissable des chefs-d'œuvre éternels.

L'humanité tente sa dernière expérience dans le relatif et le contingent : le siècle arrive où elle se précipitera à l'Absolu. Elle mordra le cœur de la science et en fera jaillir l'énigme de vie ; elle se précipitera dans la spiritualité comme à une bataille. La matière ? Une scorie séchée, foulée aux pieds des passants. La matière ne conduit pas à la matière, elle conduit à l'esprit ; la matière est une épreuve, c'est un chemin comme l'analyse ; et la synthèse c'est l'esprit. La jeunesse de demain établira le royaume de l'Esprit.

Il n'est pas nécessaire d'être prophète pour croire à la prochaine victoire du bien. Les Gnostiques ont toujours cru à la venue du Paraclet. Le Christ lui-même l'a prédite. Il y a eu d'abord le royaume du Père, de Jéhova, juste mais dur, puis l'empire du Fils, où une grâce apitoyée se mêle à l'inexorable, le royaume universel de l'Esprit sera, lui, le royaume de la liberté et de l'amour.

Et ce sera l'aurore de la Femme.

« Sérénité des jours du Messie..... douleurs anciennes envolées aux cieux dans la vapeur des prières et retombant sur les montagnes et dans les plaines en pluie de délice et en grand fleuve de magnificence.

« Les hommes marcheront enivrés dans l'âme mouvante de l'Eternel (1). »

---

(1) *Le Royaume de Dieu*. Paris-Comptoir d'edition.

C'est le poète initié, Alber Jhouney, annonçant le règne du Millenium.

Il y a là une part d'idéal, de rêve, de chimère, mais cela est encore symbole de vérité.

Le règne du Paraclet sera le règne de la Femme.

Déjà le *Zohar* avait placé la Femme à côté de l'Homme, à son niveau, car il est écrit : « le nom d'Homme ne peut être donné qu'à un homme et une femme unis comme un seul être ».

L'égalité de l'homme et de la femme est au fond de toute antiquité védique et chaldéenne.

Cette loi a été inobservée avec fureur ; on a séparé la logique sûre et franche de l'homme, de l'intuition souple et parfois brumeuse de la femme. Nous avons eu d'un côté des superstitions sans contrôles, de l'autre la raideur sans grâce, l'orgueil viril, têtu et aveuglé. Dans l'art moderne voici deux exemples : le compact Leconte de Lisle et le trop fluide Verlaine.

Les Kabbalistes nous donnaient un exemple de l'harmonie des sexes dans le divin Androgynat créateur, le Père et la Mère ineffables. La femme, si longtemps écrasée, se relève. De toutes parts elle réclame ses droits ; beaucoup trouvent encore absurdes ses prétentions, demain tout le monde les admettra.

Il y a vraiment trop longtemps que la femme nous met au monde dans la Douleur et dans la Chair, il est temps qu'elle nous enfante dans la Joie et dans l'Esprit. Ainsi sera réalisée la prophétie de Jean : « Un grand signe a paru dans le ciel, la femme enveloppée du soleil, et la lune reposait sous ses pieds, et sur sa tête il y avait un diadème de douze étoiles ; elle était grosse et elle criait dans les douleurs de l'enfantement. »

Je crois avoir expliqué sans les définir les caractéris-
tiques qu'il faut espérer en la jeunesse de demain.
Notre devise est toute simple, renfermée en ce ter-
naire : *Croire, Vivre, Agir.* Le pessimisme a fait son
temps de désastre ; la négation, par définition, n'a pas
l'existence ; l'humanité ne s'arrêtera jamais longtemps
au doute qui est comme une maladie de la raison.
Croire c'est Vivre à un degré plus élevé. Vivre, c'est
accepter l'existence telle quelle, avec vaillance et ar-
deur, sans découragement préalable ni consécutif, Vivre,
c'est se conformer au destin selon Dieu, en brisant la
fatalité par la persévérance et la prière. Vivre c'est
Agir. L'action est l'aboutissement de la foi, le point où
elle devient lumineuse et visible, *humaine* dans tout ce
que ce mot contient de réalisation et de profondeur.

Le jeune homme de demain sera donc mystique, mais
un mystique prompt aux croisades. Un bras au service
d'un cerveau, une conscience qui dompte la Matière
pour qu'elle devienne elle aussi la servante du Salut.

Le jeune homme de demain, s'il est artiste, ne sera
donc ni romantique, ni naturaliste, ni décadent. Ivre
de réalisable idéal, d'une grâce intense, d'une émotion
surnaturelle à force d'être simple, féminin dans ses élans
d'âme et réfléchi, ferme, constant dans sa logique
passionnée. Ce ne sera pas le joueur de viole
ou le tireur de cartes que l'on appelle après dîner pour
distraire la digestion ; il y aura en lui du philosophe,
de l'observateur et du poète, et son symbolisme, n'étant
plus une simagrée d'enfant, manifestera sous des formes
déterminées la spontanée majesté de ses métaphysiques,
nourries au suc de son cœur.

Car des forces nouvelles pénètreront notre littérature
anémique d'où se sont retirées l'ancienne vigueur bar-
bare et la pompe savante des grands siècles. Toutes les
facultés appuyées les unes sur les autres, avec un principe central vivificateur, produiront la plus splendide
harmonie.

Ce ne sera plus la rudesse trop âpre des âges primitifs où la synthèse existait en une rigidité granitique, ce sera la souplesse pénétrante, mêlée, unie malgré la diversité des accords, d'un large orchestre.

L'inspiration se pénètrera davantage d'au-delà et de mystère, et le poète sera le premier entre les époptes et les prêtres ; il chantera les mystères de la mort, pénètrera dans l'invisible dont il connaîtra les pâles rois, il communiquera avec Dieu.

L'art à ce degré de transcendance devient une Prière.

J'ai songé à réaliser en des poèmes fixes ou amorphes ces vastes élans ésotériques, j'ai songé... Mais n'est-on pas écrasé par ses devanciers qui ne peuvent guère servir d'exemple ? et l'on tâtonne dans les brumes de l'aurore aussi épaisses, aussi trompeuses parfois que celles du crépuscule.

Voici cependant quelques strophes de piété que je soumets à votre indulgence.

Après les mille cycles des humiliations, des langueurs et des dégoûts, — refoulée par l'égoïsme bestial, la Douleur nue s'élance à l'Absolu, comme puérile ! tellement ce qu'il y a de grossier en elle elle, l'a anéanti au fond du Terrestre Enfer.

Prière (1)

Dieu m'a pris dans ses bras, comme un enfant fragile
Et m'a bien dorloté contre son sein joyeux ;
Il a séché mes pleurs, et ma plainte inutile
Est morte, et j'ai senti se désiller mes yeux.

---

(1) Ces pièces et les suivantes extraites d'un volume en préparation *Prière.*

Il m'a parlé du fond de mes désespoirs mornes,
Et lui seul a vers moi tendu ses doux bras forts :
J'ai deviné son infini, j'ai vu les bornes
De nos sentiments à peine nés déjà morts.

Tous me fuyaient, mais lui me sourit tendre et grave,
Il me montra l'étoile ardente au soir obscur
Et la belle cité qu'ignore une âme esclave
Mais où nous seuls reposerons parmi l'azur.

Il m'a dit :

    « Souffre et va trébuchant par les routes,
« Et par l'impureté des vals et des sillons,
« Mon regard t'accompagne et, si parfois tu doutes,
« Pleure, tu sentiras te bénir mes rayons.

« Tu es l'Elu, celui que j'ai dans la Lumière
« Choisi pour désoler davantage son cœur
« Afin que de son front jaillisse la lumière
« Et que son cœur sanglant soit frère de mon Cœur ! »

Puis il m'a dit encor :

    « Je suis jaloux et sombre,
« L'Absolu que je suis est horrible et profond,
« Ne cherche plus parmi le terrestre décombre
« La vanité de quelque autre amour moribond.

« Puisque tu t'exaltas loin des chairs et des rires
« Dans l'effroi d'être seul et de tenter la mort,
« Poursuis-moi par la chasteté de tes délires
« Jusqu'au seuil du grand ciel où régnera ta mort !

« Mais si tu redescends vers l'Argile et la Chute,
« Tu tournoiras dans le vertige du Démon
« Et je ne pourrai pas empêcher dans la lutte
« Que la matière ne pénètre dans ton front...

« N'aime plus que Moi seul, sois l'âpre solitaire !
« Et si rayonne infiniment ta charité
« Vers les bons et vers les méchants et vers la terre,
« N'abandonne qu'à Moi ton immortalité. »

L'Idylle elle-même dans sa banalité lassante pourrait se rénover, purifiée. En se penchant vers la Bien-Aimée l'Amant y retrouverait comme en un mièvre miroir, le rayon originel et divin.

Tes Yeux

Quand je regarde tes yeux, je vois tes yeux pleurer :
Tes yeux qui n'ont rien du monde terrestre,
Tes yeux lourds de vie passée,
Tes yeux où rien d'humain n'est demeuré,
Rien que ces larmes, oh ! ces larmes amassées,
Ces larmes qu'entassa la vie passée,
Ces larmes à la fois célestes et terrestres.

Quand je regarde tes yeux, je vois ton âme passer,
Ton âme passer avec de grandes ailes chastes,
Et quel sublime essor
Et quelle lumière et quelle blancheur et quel air lassé !
Et quel deuil de vie et quel deuil de mort,
Et quel mépris somptueux des fastes,
Et quel amour de n'être plus,
Jamais plus !

Quand je regarde tes yeux je vois ton cœur passer,
Je vois ton cœur, rouge à cause des plaies
Et de l'inutile sang qui coule ;
Tu saignes hélas ! d'avoir trop caressé !
Tu connus trop les chères amertumes,
Et les chers couteaux qui blessent en foule,
Et le trop peu de reconnaissance que nous eumes...

Quand je regarde tes yeux, je ne vois pas ta chair passer,
Non, je ne vois pas ta belle et triste chair passer,
Ni le feu malfaisant des convoitises
Ni l'angoisse fatale des coussins creux
Ni les glorioles ni les feintises ;
Quand je regarde au fond de tes douloureux yeux,
Je ne vois pas ta belle et triste chair passer.

Mais quand je regarde tes yeux, je vois le doux Jésus passer,
Le doux Jésus qui prie et souffre pour nous autres ;
Il est résigné comme tes yeux le doux Jésus,
Il a trop rêvé comme ton âme le doux Jésus,
Il a trop aimé comme ton cœur le doux Jésus,
Mais comme lui tu veux encor souffrir et prier pour nous autres,
Quand je regarde tes yeux je vois le Bon Dieu passer...

Cette enquête, dont je parlais plus haut auprès des ballerines et des chanteuses de café concert, peut conduire à la suavité des cantiques mystiques. Le baiser dissolu ou frivole s'achève par l'austère chant.

Mais l'Amante, close en la prison éphémère du corps, ne suffira plus. Pelerin de l'invisible, le Poète envahira les confins d'autres pays, inexplorés et inouis au reste des hommes. Les chères princesses du Royaume d'avant la naissance ou d'après la mort, il les effleurera et elles lui souriront de leurs pâles yeux d'astrales. Oh ! les caresses à peine devinées dans la nuit des jardins ou vers la lampe ingrate de la chambre de veille....

Ce n'était ni une femme ni le souvenir d'une femme mais un ESPRIT.

Je respire la mort en des heures clémentes
Où douce tu remplis ma chambre de ton cœur,
Tandis que mon front, qui ne craint plus que tu mentes,
Te songe telle que l'arome d'une fleur.

Ah, nulle ne saura pénétrer dans mon âme,
Aussi profondément que ton inanité ;
Peu m'importe la ligne impeccable et la femme !
Le parfum de la mort me vaut toute beauté.

La caresse est suave où la chair est absente :
O volupté des doigts impalpables dans l'air
Et des lèvres, qui par le néant d'un éclair
Suscitent le frisson obscur de l'épouvante.

Je t'ai connue en des existences fatales
Et lointaines, où nos deux cœurs fiers et jaloux,
Impollués parmi l'horreur des lupercales,
Côte à côte marchaient, pareils aux jeunes loups.

Es-tu l'Impératrice aux pourpres automnales,
Ou Celle qui s'en va riant par les faubourgs,
La Sainte qui meurtrit son grand front sur les dalles,
La Mère au cœur saignant d'éternelles amours ?

Tu peuples les jardins vagues d'une aventure
De bras nus et de voix chuchotantes d'espoir,
Je sens l'enlacement pur d'un mystère noir,
Par quoi j'ai devancé l'existence future...

Je voudrais terminer cette conférence si longue et si peu attachante quoique si bienveillamment écoutée, par une action de grâce vers le Dieu féminin, ce Dieu à qui les poètes sont redevables presque uniquement d'être poètes. Ce ne sont pas de faibles paroles qu'il faudrait sur des lèvres profanes, mais des rhythmes de feu, des musiques d'incendie, je ne sais quoi de puissant comme le soleil et de tendre comme les étoiles.

La jeunesse de demain saura aimer complètement les femmes ; elle ne les considèrera pas comme de petits animaux gracieux ou des matrones vénérables et ennuyeuses. A l'évidence de l'Amour, le rôle supérieur de la Femme éclatera. La Femme depuis tant de siècles symbole du muet sacrifice, — elle qui sait le secret de toutes les énigmes par la divinité de son instinct, — la Femme sera enfin le Conseil, la Voie, la Grâce, l'Intuition, la Prophétie. Cette fois nos âmes seront pacifiées, l'Universelle Tendresse planera sur les guerres désarmées et les Haines amollies. — et le chant des Poètes sera pur comme le duvet des cygnes et vrai comme la lumière du jour.

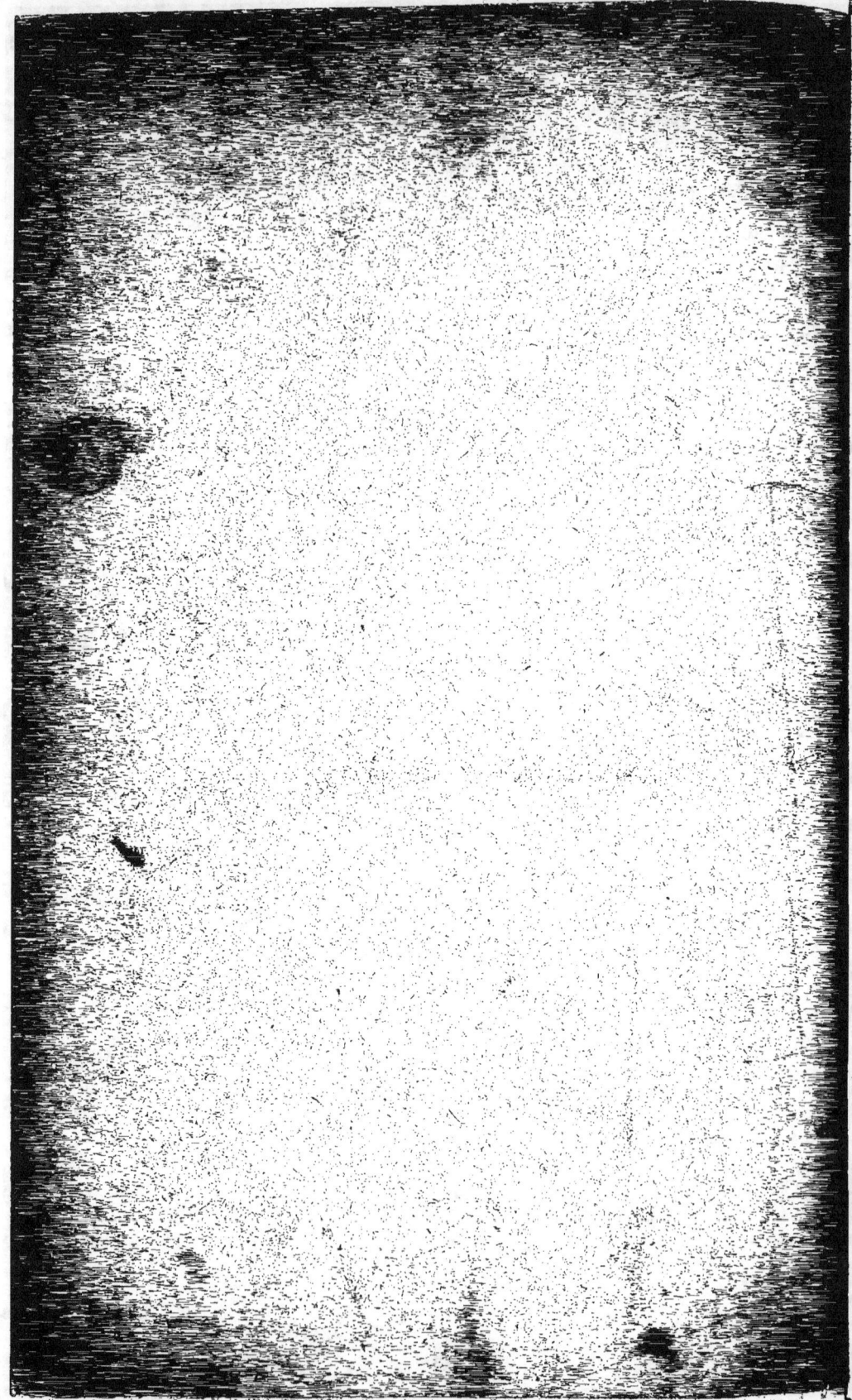